JN078683

THROUGH GRANDPA' S EYES by Patricia MacLachlan
Text Copyright © 1980 by Patricia MacLachlan
Japanese translation rights arranged with Curtis Brown Ltd.
through Japan UNI Agency. Inc.

パトリシア・マクラクラン：作　若林千鶴：訳　黒井 健：絵

おじいちゃんの目 ぼくの目

おじいちゃんの家が、だいすきだ。

ほかにもいろんな家をしってるよ。

ピーターの家には、あたらしい温室があるんだ。

温室のなかの道には、玉じゃりまでしいてあるよ。

おとなりのマギーは、昔ながらのおおきな木の家でくらしている。

たくさんの部屋があって、どのドアにもきれいなちょうこくと、

ぴかぴかの真ちゅうの取っ手がついている。

どっちの家もすてきだよ。

でも、ぼくのいちばんのお気にいりは、おじいちゃんの家だ。

だって、おじいちゃんの家なら、

なんでも、おじいちゃんの目でみられるから。

おじいちゃんは目がみえない。

ぼくのようには家をみない。

おじいちゃんだけのやりかたで、みるんだ。

3

朝になると、お日さまがカーテンのむこうから、
ぼくの目にとびこんでくる。まぶしくって、ふとんにもぐる。
でも、お日さまはおいかけてくるよ。

こうさん！
ぱっとふとんをはねのけて、ぼくはおじいちゃんの部屋まで
かけていく。
お日さまはね、おじいちゃんをちがうやりかたでおこすんだ。
あたたかい光の指さきでそっとふれて、
おじいちゃんをおこしてくれるんだって。

部屋をのぞくと、おじいちゃんはもうおきて、
朝のたいそうをはじめている。
ベッドのよこに立って、からだをまげて、のばして……。
ぼくに気がつくと、おじいちゃんはたいそうをやめて、
にっこりした。

「おはよう、ジョン」

「おばあちゃんは、どこ？」

「わからないかい？」

からだをまげたりのばしたりしながら、おじいちゃんはいう。

「目をとじて、ジョン。わたしの目で、みてごらん」

ぼくは目をとじた。

今まできこえなかった食器の音や、水のながれる音が、

階だんのしたからきこえてきた。

「キッチンだ。おばあちゃんは、朝ごはんをつくっている」

目をあけると、うなずいているおじいちゃんがみえる。

おじいちゃんはせが高くて、かみの毛はこい灰色だ。

それとね、おじいちゃんのひとみの色は、はっきりした青色だよ。

もうはっきりとみえるものは、ないけど。

おじいちゃんとたいそうする。うでをあげて、さげて……。

ぼくも目をとじてやってみる。

「いち、に」

おじいちゃんが、かけ声をかける。

「さん、し」

「まって！」

ぼくはおおきな声をだした。

まだ「いち、に」をやっているのに、おじいちゃんはもう、

「さん、し」にいくんだもの。

目をとじてたいそうしたら、ころんじゃった。3回も。

ぼくがドスンところぶたびに、おじいちゃんがわらう。

「朝ごはんよ！」

階だんのしたから、おばあちゃんがよぶ。

「目玉やきのにおいがする」

おじいちゃんがいう。ぼくのほうにちょっと顔をよせて、

「それにバタートーストもあるぞ」

って、おしえてくれる。

階だんの木の手すりはね、

おじいちゃんの指が、なんどもいったりきたりするから、

すっかりすべすべになっている。

おじいちゃんについて、階だんをおりる。

ぼくの指も、手すりのすべすべ小道をおいかけていく。

ふたりで食堂にはいる。

「花のにおいがする」

おじいちゃんがいう。

「なんの花？」

ぼくはきいた。

おじいちゃんがにっこりする。

おじいちゃんは、名前あてゲームがすきだ。

「スミレじゃないな、ジョン。シャクヤクともちがう……」

「カーネーションだ！」

おおきな声でいう。ぼくも、名前あてゲームがすき。

「まさか。マリーゴールドだ。そうだろ、おばあちゃん？」

おじいちゃんがわらう。おばあちゃんも、やっぱりわらっている。

「いまのは、かんたんすぎるわ」

朝ごはんのお皿をならべながら、おばあちゃんがいう。

「かんたんじゃないよ」

ぼくはいいかえす。

「どうして、おじいちゃんは花の名前がわかるの？

いろんなにおいがまじっているのに」

「目をとじてみて、ジョン」

おばあちゃんがいう。

「朝ごはんのにおいを、わたしにおしえて」

「目玉やきのにおい。トーストのにおいもする」

目をとじて、ぼくはこたえる。

「それから、なにかほかのにおい。あんまりおいしそうな

においじゃないよ」

「その、なにかほかのにおい、」

おばあちゃんがにっこりしながら、おしえてくれた。

「それが、マリーゴールドよ」

ごはんのとき、

りょうりがのったおじいちゃんのお皿は、

時計の文字ばんになる。

「目玉やきは9時、トーストは2時よ」

おばあちゃんが、おじいちゃんにいう。

「ジャムものっているわ」

「ジャムはね、」

ぼくは、おじいちゃんにおしえてあげる。

「6時のところだよ」

目をとじれば、

ぼくのりょうりのお皿も時計の文字ばんになるよ。

おじいちゃんの目になって、

ぼくもいっしょに、朝ごはんをたべるんだ。

朝ごはんがおわると、

おじいちゃんは食堂をでて、居間にいく。

ぼくもおじいちゃんについていく。

居間には、おおきなまどがある。

このまどをあけて、おじいちゃんは毎日のお天気をかんじるんだ。

テーブルのうえには、おじいちゃんのパイプがあって、

部屋のすみには、チェロもおいてあるよ。

「いっしょにひこうか、ジョン？」

おじいちゃんはいう。

おじいちゃんが、チェロの音あわせをしてくれる。

譜面台を前において、ぼくは、がくふをみながらえんそうする。

ぼくは、シャープやフラットもわかっている。がくふがよめるから。

だけど、おじいちゃんはがくふをみないで、正かくにえんそうする。

おじいちゃんの指が、ぜんぶおぼえているんだって。

ちょっと目をとじて、おじいちゃんの目になって、

えんそうしてみる。

弦をおさえるぼくの左手は、チェロのネックを上下にうごく。

フラットのときは、うえのペグ寄りを、

シャープのときは、したのブリッジ寄りを指でおさえる。

だけど、目をとじたままえんそうしていると、

ぼくの弓は、弦からはなれてしまう。

「よくおきき」

おじいちゃんがいう。

「おまえくらいのころに、ならった曲をえんそうするよ。

だいすきな曲だ」

おじいちゃんがひいてくれる。ぼくは耳をかたむける。

まず耳をすませてきくのが、おじいちゃんのやりかただ。

「さあ、いっしょにやろう」

えんそうしながら、おじいちゃんがいう。

「いいぞ」

「そこは、ドのシャープだ」

おじいちゃんの声がおおきくなる。

「ドのシャープ！」

えんそうがおわると、おばあちゃんがねんどをもってくる。

おじいちゃんの顔をねんどでつくるんだ。

「じっとしてて」

おばあちゃんが、ぶつぶついう。

「じっとなんか、しません」

おばあちゃんの声をまねて、おじいちゃんがわらわせる。

おばあちゃんがねんどで顔をつくっているあいだ、

おじいちゃんは木ぎれをとりだす。

おじいちゃんは、かんがえごとをするとき、

ずっとこの木ぎれにふれている。

おじいちゃんの指が、木ぎれの表とうらをいったりきたりするから、

階だんの手すりみたいな、すべすべ小道が木ぎれにできている。

「かんがえごとの木ぎれ、ぼくもほしいな」

おじいちゃんが、シャツのポケットから小さな木ぎれをとりだして、

ぼくのほうになげてくれた。

ナイスキャッチ！　ささくれなしのすべすべだ。

「川の水がふえているわ」

おばあちゃんがいう。

おじいちゃんが、ちいさくうなずく。

「きのうの夜、また雨がふったんだ。

雨どいがゴボゴボ音をたてていたのを、きいただろう？」

ふたりの話をききながら、ぼくは、かんがえごとの木ぎれに

指で川の流れをえがく。

このかんがえごとの木ぎれは、ぼくのポケットで冬をすごすんだ。

そうすれば、おじいちゃんの家にいないときでも、

おばあちゃんやおじいちゃん、

それから川のことをかんがえられる。

ねんどの顔ができあがった。

おじいちゃんは手をのばし、指でふれる。

そっと、ふわっと、チョウチョがとまるみたいに。

「わたしに、そっくりだ」

おどろいたように、おじいちゃんがいう。

ぼくの目には、おじいちゃんとねんどの顔がそっくりだって、

とっくにみえてたよ。

だけどおじいちゃんは、ぼくの両手のなか指、ひとさし指、

くすり指で、おじいちゃんの顔にふれさせてくれる。

それから、ねんどのおじいちゃんの顔にもふれる。

「指を水だとおもってごらん」

おじいちゃんがいう。

ぼくの指はちいさな滝になる。

ねんどのおじいちゃんの頭からながれ落ち、

目もとのちいさなくぼみにたまり、ほっぺたをすべり落ちる。

おじいちゃんの顔をさわったときとおなじだ。

こんどはぼくの指が、そっくりだってつたえてくれた。

おじいちゃんと散歩にいく。庭をぬけて原っぱのむこうの川まで。

おじいちゃんは、生まれたときからみえないんじゃない。

川面に光るお日さまのきらめきや、草原のノラニンジンの白い花や、

庭のダリアのことも、みんなおぼえているんだって。

でもあるくとき、おじいちゃんはぼくのひじに、そっとつかまる。

そうすれば、どこをあるけばいいか、ぼくがおしえてあげられる。

「南風だ」

おじいちゃんがいう。

ぼくは木のてっぺんのかたむきをみて、風がどの方向から

ふいてくるのかいえる。おじいちゃんは草にさわったり、

風にあおられた髪が顔にあたるかんじから、風向きがわかるんだ。

川岸にくると、おばあちゃんがいったとおりだ。

水かさがふえて、ヤナギのそばまできている。

水はヤナギの根もとにながれこんで、

根のまわりに水の道をつくっている。

階だんの手すりについたすべすべ小道や、

かんがえごとの木ぎれの道みたいだ。

26

黒くて、かたのところだけ赤い鳥が、ガマのほにとまっている。

おもわず、ぼくは指さした。

「あれはなんていう鳥、おじいちゃん？」

ぼくは、こうふんしてきいた。

コンカァリィィ

黒い鳥がないた。

「ハゴロモガラスだ」

すぐに、おじいちゃんがおしえてくれた。

おじいちゃんに、ぼくがさした指はみえてない。

鳥のなき声をきいたんだ。

「それに、うしろのどこかには……」

おじいちゃんは耳をすませていう。

「ウタスズメの声もきこえるぞ」

ピピピピというなき声がきこえる。

うんと目をこらして、おじいちゃんがいるといった、

土色の鳥をやっとみつけた。

おばあちゃんが、家の前からよんでいる。

「お昼ごはんにパンをやいたようだな」

おじいちゃんがうれしそうにいう。

「スパイス・ティーもあるぞ」

おじいちゃんはスパイス・ティーがだいすきなんだ。目をとじても、
ぼくには川のそばのしめった地面のにおいしか、わからない。

家にもどるとちゅう、おじいちゃんが急に立ちどまった。
頭をちょっとかたむけて、じっとなにかにききいっている。
おじいちゃんが、空を指さした。

「カナダガモだ」

おじいちゃんがつぶやく。
空をみあげると、鳥のむれが高い雲のなかを、
Ｖの字の形にならんで、とんでいくのがみえた。

「カナダガンだよ」

ぼくはいった。

「カナダガモだ」

おじいちゃんはがんこだ。ふたりでわらった。

おそれいりますが
切手を
おはりください。

１７６−０００４

東京都練馬区小竹町二−三三二−二四−一〇四

株式会社　**リーブル**　行

リーブルの本をご愛読くださいまして
ありがとうございます。

今後の本づくりの参考にさせていただきたく，お手数ですが，
ご意見・ご感想をぜひおきかせください。

書　名

お名前　　　　　　　　　　　　　　　（男・女　　　才）

　　　　〒
ご住所

お仕事

お求めの書店名　　　　　　　　　（　　　県　　　市・町）

この本をお知りになったのは？

　1.書店　　2.知人の紹介　　3.紹介記事　　4.図書館
　5.その他（　　　　　　　　　　　　　　　　　　　　）

ご意見・ご感想をお願いいたします。

ご協力ありがとうございました。

ぼくたちはきた道をもどった。
庭でおばあちゃんが、ポーチのいすにペンキをぬっている。

おじいちゃんがペンキのにおいをかぐ。
「なに色かな？」
おじいちゃんがきく。
「色は、においでは、わからないな」
「青だよ」
ぼくがにっこりしながらおしえてあげる。
「空みたいな青色」
「おじいちゃんのひとみの色のような青色よ」
おばあちゃんが、ぼくにいった。

33

ずっと前、ぼくはおぼえていないけど、

おじいちゃんの目がみえていたころは、

ぼくとおなじように、なんでも目でみてやっていた。

今は、ポーチでお茶をのんだり、お昼ごはんをたべたりするとき、

おじいちゃんはカップの内がわに指をかけて、お茶をそそぐ。

お茶がいっぱいになったら、指がおしえてくれるんだって。

やけどなんて、したことないよ。

ごはんがおわると、ぼくはお皿をあらう。

おじいちゃんが、ふきながら点けんする。あらい直しって、

おじいちゃんからつきかえされるときもある。

「このつぎは」

おじいちゃんがおこったふりしていう。

「わたしがあらって、ジョンはふくかかりだ」

午後は、おじいちゃんとおばあちゃんとぼく、みんなで庭にでて、

リンゴの木のしたで、本をよむ。

おじいちゃんは指先で本をよむ。

点字のぽつぽつがお話を語ってくれるんだよ。

指で本をよみながら、おじいちゃんが声をあげて

わらうときがある。

「なにがそんなにおもしろいの？

わたしたちにもよんでちょうだい」

おばあちゃんがいう。

おじいちゃんが、声にだしてよんでくれる。

おばあちゃんとぼくは自分の本をおいて、

おじいちゃんの声にききいる。

ハイイロリスが、木のみきをおりてきた。

しっぽをぴんとたてて、リスもおじいちゃんのお話を

きいているみたい。

だけど、おじいちゃんにリスはみえてないんだ。

夕ごはんのあと、おじいちゃんはテレビをつける。

ぼくはテレビをみるけど、おじいちゃんは音をきく。

あぶないことや、おもしろいこと、うれしいことが
番組のなかでおきたときには、音楽や言葉でわかる。

ふしぎなんだけど、

おじいちゃんは夜、暗くなったらちゃんとわかる。

ぼくを、2階のベッドにねかせてくれる。

かがんでおやすみのキスをして、頭をなでてくれる。

「かみがのびてるな、ジョン」

おじいちゃんがいう。

部屋をでる前に、おじいちゃんはベッドの明かりをけす。

だけどまちがって、明かりをつけちゃうことがあるよ。

そんなときは、おじいちゃんがいってしまうまで、

ぼくはベッドで、わらいをこらえてじっとしている。

しばらくしたら、おきあがって

明かりをけすんだ。

明かりがきえると、

おじいちゃんとおなじ暗やみの世界に、ぼくもいる。

おじいちゃんがきいている夜の物音が、ぼくにもきこえる。

家がきしむ音、鳥たちが一日のおわりをつげるなき声、

まどのそとで、木の枝が風にゆれる音……。

とつぜん、うえのほうでガンのなき声がした。

家のまうえをひくくとんでいる。

「おじいちゃん」

そっと声をかけた。

おじいちゃんもきいているといいなって、おもいながら。

「カナダガモだな」

おじいちゃんは、やっぱりがんこだ。

「もうねなさい、ジョン」

おばあちゃんの声がした。

おじいちゃんが、おばあちゃんの声はわらっているぞと、

いっている。

ぼくはためしてみる。

「なんていったの、おばあちゃん？」

「ねなさい、といったのよ」

おばあちゃんはぴしゃりと、いった。

だけど、おじいちゃんのいうとおりだ。

おばあちゃんの声はわらっている。

わかるんだ。

だって、ぼくはおじいちゃんの目でみているから……。

　私は長い間、読書をつうじて子どもたちに「なにか」を伝える仕事をしてきました。その時代や、子どもたちの集団によって多少の違いはありますが、自分を肯定できるヒント、ちょっと元気がでて前に踏み出すきっかけになるもの、そんな感じでしょうか。

　本作に出会った当時、私が勤めていた中学校の１年生たちは視覚障害を持つ人とほとんど接したことがなく、目が見えないと自分の世界が半分になってしまう、そんなイメージを持っていました。

　でもこの作品のおじいちゃんとジョンの暮らしは温かく豊かで、ページをめくるごとに発見がありました。ふたりのことを伝えたい、そう思って読み語りしました。

　最初はいつものように画面を見つめていた子どもたちですが〈「目をとじて、ジョン。わたしの目で、みてごらん」ぼくは目をとじた〉という場面で、何人もの子どもたちが目をとじてしまったのです。

　ふっと教室の空気が変わり耳を澄ます気配に、私の声は緊張しました。キッチンの水音、食器の音、そして目玉やきやバタートーストが出てくると、鼻をスンスンするようすがみえ、ねんどのおじいちゃんの顔に触れる場面では、そっと自分の顔に触れていました。指先で、手のひらでまぶたのふくらみや、ちょっと冷たいほほの丘に触れ、自分の顔を確かめているようでした、

「わたしの目で、みてごらん」という言葉で魔法にかけられたように、子どもたちはジョンと同じように深く触れて、聴いて、嗅いで、味わって自分の世界を広げていました。

　今回読んでくださったみなさんは、いかがでしょうか？

　いろんなことを教えてくれるおじいちゃんは、ジョンのヒーローのような存在です。大

好きなおじいちゃんとの暮らしが温かく丁寧に描かれる本作に、長年惹かれてきたのは、ここにマクラクランさんの原点がみえるからです。

　マクラクラン作品には優しさと希望、家族の記憶や喪失そして自然への愛情が繰り返し描かれます。なにげない会話や自然描写には深い世界が広がっていて、この行間をどう伝えるかいつも悩みます。

　ところで私の手元に１９８９年１月１５日付のマクラクランさんの手紙があります。当時翻訳に取り組んでいた“Cassie Binegar”（『わたしさがしのかくれんぼ』１９９１年文研出版）についての質問への返事で、英文タイプと直筆のまじる本当の航空便です。

　今なら、出版社やエージェントを通してやり取りするところですが、仕組みがよくわかっていなかった私はアメリカの出版社宛てに熱い想いを込めて手紙を書いたのでした！

　ニューベリー賞を受賞し、人気作家としてお忙しいころです。〈作家として、あなたからのお手紙をいただいて本当に嬉しいです。手元に届くのに時間がかかり、返事が遅くなりごめんなさい。〉と始まった手紙には、私たちは中学校教員として共通の土壌があり、日々伝えるという仕事を持っているということではよく似た状況にいること。そして私の質問とあれこれ書き綴った感想に、作者より深く理解しているかもと！　最後に、〈もう私たちは友だちよ、でしょう？〉と書き添えてくださっていました。友だちどころか、その後の生き方まで支えてもらったマクラクランさんに心から感謝しています。

　本作の刊行はご存知でしたが、残念ながらマクラクランさんは２０２２年３月マサチューセッツ州ウイリアムズバーグの自宅で亡くなられました。残された６０冊以上の児童書はこれからも多くの読者に読みつがれていくと思います。

　今回、ジョンとおじいちゃんが演奏するチェロの音色まで聴こえてくるすてきな絵を描いてくださった画家の黒井健さん、読みやすさも考えてユニバーサルデザインのフォント（UD活字）などたくさんの工夫をしてくださった編集部のみなさん、本当にありがとうございました。

　そして、読者のみなさん、マクラクランさんの世界にようこそ！

　２０２４年　春

訳者　若林千鶴（わかばやし ちづる）

大阪市生まれ。大阪教育大学大学院修了後、長年公立中学校の国語科と学校図書館を担当した。児童書の翻訳は、1989 年のマクラクランさんの『七つのキスと三つの決まり』（文研出版）からで、『ぼくのなかのほんとう』『父さんのことば』（リーブル）などマクラクラン作品は 7 冊目になる。『はばたけ、ルイ！』『よるなんて…』（リーブル）、『アルカーディのゴール』（岩波書店）、『ぼくと象のものがたり』（鈴木出版）、「あたし、アンバー・ブラウン」シリーズ（文研出版）他多数。

画家　黒井 健（くろい けん）

新潟市生まれ。新潟大学教育学部卒業。出版社絵本編集部を経て、フリーのイラストレーターとして絵本・童話のイラストを中心に活動する。代表作に『ごんぎつね』『手ぶくろを買いに』（新美南吉 / 作）『猫の事務所』『水仙月の四日』（宮沢賢治 / 作）「ころわん」シリーズ（間所ひさこ / 作）など 300 冊以上の児童文学や絵本の挿絵を手掛ける。1983 年サンリオ美術賞受賞。2023 年日本児童文芸家協会児童文化功労賞受賞。山梨県北杜市に「黒井健絵本ハウス」を設立。

おじいちゃんの目 ぼくの目

2024 年 7 月 23 日初版発行

著者　パトリシア・マクラクラン　訳者／若林千鶴　画家／黒井 健

発行　株式会社リーブル
　　　〒 176-0004　東京都練馬区小竹町 2-33-24-104
　　　Tel. 03-3958-1206　Fax. 03-3958-3062
　　　http://www.ehon.ne.jp
印刷・製本／光村印刷株式会社　デザイン／岡本 明

©2024 C.Wakabayashi, K.Kuroi. Printed in Japan　　ISBN978-4-910310-08-4